Lettre de St Clement
Sur les predications du
P. Gaffarel

LETTRE DV SIEVR

DE St CLEMENT

A MONSIEVR

D'HOZIER

Gentilhomme de la Chambre du Roy,
Cheualier de l'Ordre de Sa Majesté,
& Iuge General des Armoiries
de France.

Sur les Predications faictes à Grenoble

PAR LE SIEVR

DE GAFFAREL.

MONSIEVR,

Ne vous estonnez pas si i'ay esté si long
temps à vous faire responce, puis qu'ayant appris

A

que le Sr. de Gaffarel trauailloit à mettre au iour les Raisonnements sur la Nouuelle Methode qu'il a preschée, de conuaincre les Heretiques, I'esperois que cet ouurage vous apprendroit tout ce que vous me demandez de ses Predicatiōns. Mais puisque i'ay appris qu'il y trauaille encore, & neaumoins vous ne laissez pas de continuer à m'en demander de nouuelles ; ie contente vostre curiosité, en vous donnant la Relation de tout ce qui s'est passé icy sur ce sujet. Vous la trouuerez d'autant plus veritable, qu'elle vous sera confirmée de tous Messieurs du Parlement de ce Pays, & de tous les Ordres Ecclesiastiques en general, & en particulier : A la reserue d'vn seul Chanoine de l'Eglise de S. André, qui despité de ce qu'il pretendoit que la chaire de cette Eglise luy auoit esté promise pour le temps auquel Mr. Gaffarel y a presché, n'a cessé de le persecuter, luy ayant suscité cet orage qui apres auoir soufflé durant quelques iours auec assez de bruit, n'a battu que celuy qui l'auoit suscité. Il commença de mesdire de luy dés la premiere Predication qu'il eut ouye, croyant que le sujet qu'il luy voyoit prendre pour son Aduent luy pourroit bien fournir dequoy contenter sa passion, puis qu'il estoit hors du com-

mun ; aduançant en chaſque Sermon des Paradoxes Chreſtiens, qu’il appelloit, *Maximes de l’A-*
mour Incarné par leſquelles il nous möſtra dans
la ſuite de toutes les Sciences, dōt il nous debita
les ſecrets, rapportez à la Croix, & aux Myſteres
du Caluaire ; que ce que Ieſus-Chriſt enſeigna
ſur ce ſacré Mont, eſtoit ce qui faiſoit le plus
beau de nos ſciences, & le plus pur de noſtre
amour. En vn ſujet ſi beau il meſla quelquesfois
la Controuerſe, qu’il traitta auec tát de douceur,
qu’il attiroit à ſes Predicatiós les plus opiniaſtres
de la Religion pretenduë Reformée. Sa matiere
eſtoit & curieuſe, & pieuſe, & l’artifice dont il ſe
ſeruoit en preſchant, ſi beau, que ſans s’éloigner
de ſes Paradoxes ſacrez il en faiſoit vn du poinct
de controuerſe qu’il prenoit à traitter ; le ran-
geant ſous quelqu’vne des Sciences, ou des Arts
dont il expoſoit les maximes. Par exemple, il
nous fit voir la verité du Purgatoire, en traittant
de la Topographie du Caluaire, & prenant dans
le general de la Geographie ce dont il vouloit ſe
ſeruir, pour monſtrer que le feu du Purgatoire
auoit eſté cognu de tout le monde Chreſtien,
il en fonda les veritez ſur ce curieux Paradoxe :
Que la terre qu’on appelle, *del fuego incognita,*
n’eſtoit pas incognuë : & fit voir en ſuite tout

ce qu'on pouuoit dire de beau sur ce sujet , nous
expliquant par des nouuelles & aggreables ap-
plications les cognoissances que tous les Peres
de l'Eglise ont eu de ce feu.   Il traitta plusieurs
autres poincts controuersez , de mesme façon.
Et comme ce sien enuieux vid qu'il auoit finy
son Aduent dans l'approbation d'vn chascun ,
n'y ayant rien trouué à mordre (contre son es-
perance) creut que d'en mesdire publiquement
il passeroit pour ridicule, comme n'en ayant aucun sujet , il attendit que les Predications du
Caresme luy en peussent fournir quelqu'vn.
Mais ne pouuant souffrir que durant ce temps-
là on dist que cet homme auoit reüssi, son enuie
desmesurée le porta à deschirer sa reputation en
particulier , disant à plusieurs , que sa façon de
prescher estoit Italienne , ses consequences mal
tirées , & son Raisonnement si obscur, & si plein
de Philosophie, que les femmes n'y entendoient
rien ; conseillant à celles qu'il cognossoit plus
particulierement, de ne plus l'aller ouyr. Et
comme il ne peut les persuader, puisque la façon
populaire & facile , auec laquelle il exposa les
Euangiles du Caresme , attiroit à ses Predications celles mesmes que l'autre persuadoit de ne
pas y aller ; se resolut (ne pouuant trouuer des

Catholiques capables de suyure sa passion) de s'accoster de ceux de la Religion pretenduë reformée, auec lesquels il auoit vne tres-dágereuse communication, raillant auec eux des plus adorables mysteres de nostre Religion, au tres grand scandale des Catholiques, comme le Reuerend Pere Fichet luy auoit desja reproché par liures imprimez. Auec telles gens, non des plus honnestes de ce party, mais des plus desbauchez, il luy fut facile de trouuer des moyens de nuire à Mr. Gaffarel, puisqu'ils auoient desja conceu beaucoup de haine contre luy, à raison seulemét que dans les poincts de Controuerse qu'il preschoit, il les pressoit sans cesse, quoi que modestement. Or le Chanoine pour mieux ioüer son ieu, voyant qu'il n'auoit pas plus de prise sur luy au Caresme qu'il en auoit eu en l'Aduent, feignit de se laisser emporter à la multitude qui loüoit ses Sermons, disant publiquement qu'en sa vie n'en auoit ouy de meilleurs, approuuant merueilleusement la façon auec laquelle le iour de S. Ioseph il auoit loüé vne si digne & si éminente Creature; & la methode auec laquelle le lendemain il auoit prouué l'intercession des Saincts, & l'honneur que nous leur rendons. Mais ces loüanges estant de la nature de celles dont parle vn des Prophetes, qui font auffi douces que l'huyle, mais qui percent comme des dards, firent bien voir à quelle fin il les donnoit, qui n'eftoit que pour tafcher de fe couurir des deffeins qu'il auoit refolus auec deux ou trois Huguenots pour perdre Mr. Gaffarel. Ainfi fe comporte l'enuie. Saül ne pouuant fouffrir les qualitez que Dauid auoit pardeffus luy, chercha de le faire mourir.

A pres que les Sermons du Carefme furent finis, Meffieurs du Parlement le prierent de vouloir leur donner encore l'Octaue du S. Sacrement, ce qu'il fit d'autant plus volontiers qu'il fe trouua fort obligé à ces Meffieurs qui tefmoignoient eftre tres-fatisfaicts de fes Predicatiós efquelles ils auoién rendu vne affiduité admirable. Le temps de l'Octaue eftant donc venu, il eftablit fi puiffamment par fix actions la reelle prefence du corps de IESVS-CHRIST en l'Euchariftie, qu'il creut de ne pouuoir finir plus heureufement vne matiere qui a caufé des diuifions fi funeftes, & de guerres fi fanglantes, que par la confideration de la paix, & de l'vnion que les habitans d'vne mefme ville mipartie pour la Religion, deuoiét rechercher, comme eftant vn des principaux poincts de leur repos, faifant voir

conformement aux plus sainctes maximes d'vne
veritable politique, que de tous les maux qui
peuuent arriuer en vn Estat, il n'en est point de
si cruel comme celuy qui le diuise, & point de
diuision si dangereuse, que celle qui se fait en la
Religion. Et en effect se seruant de l'exemple de
Ieroboam, dit que ce General n'eut pas plustost
diuisé ceste vnité de culte, qui auoit rendu le
peuple d'Israël si puissant & si considerable, que
le Royaume de Roboam fut desolé. Comme il
n'y eut plus vn mesme Temple, & mesmes Au-
tels communs à toutes les Tributs, les dix qui s'e-
stoient separées trouuerent en leur desvnion des
malheurs si tragiques, qu'ils ont dequoy eston-
ner tous ceux qui les lisent dans les liures de
Dieu; & le S. Esprit, qui met des larmes aux yeux
des Prophetes pour les pleurer, leur fait en leurs
lamentations trouuer des termes sinonys pour
mieux en exprimer l'excez. Lors qu'vn mesme
Esprit vnissoit les Chrestiens, le grand Epitala-
me dit que les benedictions dont ils iouyssoient
soubs la figure de l'Espouse, estoient semblables
aux productions du Paradis que l'Espoux appelle émissions; leur vnion estoit comparée à la
palme, plus on les pressoit, & plus ils deuendiebt
puissans; nos histoires nous racontant que les

plus memorables victoires qu'on ait veu dans
l'estenduë de trois ou quatre siecles ont esté ra-
portées par les Chrestiens, quoy qu'auec des for-
ces bien inégales à celles de leurs ennemis.
Mais depuis qu'ils furent diuisez, & que des res-
ueries de Luther on vid sortir dix-neuf Sectes
differentes, ceste Espouse de IESVS-CHRIST per-
dit en peu de temps des Royaumes entiers. De
sorte que Mr. Gaffarel finissant dans vne ville
mipartie ses Sermons par des fortes considera-
tions de Paix, de Concorde, & d'vnion, voulut
faire vn racoursi & vn abbregé des principaux
poincts de Cōtrouerse qu'il auoit preschez tant
en son Aduent qu'en son Caresme; & monstrer
qu'on y pouuoit trouuer quelques moyens d'accord conformement à ceux qui auoient desja
esté aduancez par Autheurs approuuez, comme
Pighius, Lindan, Sisger, Herman, & Blancicam-
pian, l'vn Archeuesque de Cologne, & l'autre
Euesque de Viene en Austric; & dernierement
par le feu R. P. Cotton en son Institution Chre-
stienne, mise au iour par ordre du Roy; où l'on
lit en plusieurs endroits sur le marge en gros
caracteres ces mots, VOYE D'ACCORD. Mr. Gaffarel donc à l'exéple de ces grands Hōmes, mon-
stra comme en passant, que si le mal-entendu

que les ministres à dessein entretenoient dans les
esprits de ceux qui les escoutent, estoit chrestien-
nement osté, ces moyens d'accord pourroient
reüssir à la gloire de Dieu. Or ce mal-entendu,
qu'il appelloit, *Malice d'interest*, consiste en ce
que ces nouueaux Docteurs preschent, que nous
croyons que le sang de IESVS CHRIST n'a pas suffi
pour purger nos pechez, puisque nous establis-
sons vn Purgatoire. Qu'au chef du culte des
Images, nous adorons & la pierre & le bois. Que
contre la parole de Dieu nous deffendons aux
nostres de se marier. Que nous croyons de prendre IESVS-CHRIST en l'Eucharistie, auec toutes
ses dimensions corporelles, c'est à dire aussi
grand & estendu de corps qu'il estoit à la Croix;
& dés là ils nous estiment ridicules, & nos sa-
crées Communions impertinentes. Et finale-
ment que nous faisons le Pape aussi puissant que
Dieu, & que nous donnons à ses Indulgences le
mesme pouuoir qu'au sang de IESVS-CHRIST.
Ostant donc le mal-entendu malicieux du premier poinct, il prouua que bien loing que nous
creussions que le sang de IESVS-CHRIST respandu
si largemment à la Croix, n'auoit pas suffi pour
purger nos crimes, qu'au contraire on enseignoit
en nos escholes qu'vne seule de ses gouttes est

C

capable de purger vn million de mondes. Mais
comme au delict on y confidere deux chofes, la
coulpe & la peine, il fit voir par textes de l'Efcriture Saincte, qu'apres le pardon de la coulpe que
ce facré fang effaçoit pleinement, il reftoit quelque peine à payer en ce monde, ou ailleurs, &
par d'autres textes de la mefme Efcriture mon-
ftra l'exiftence d'vn lieu où le payement fe faifoit, & que ce lieu auoit raifonnablement efté
appellé Purgatoire. Au deuxiéme il fit comprendre facilement en quoy confiftoit ce commandement: Tu ne te feras idole taillée, & expliquant
la force du mot hebreu, *Peffel*, reduifit nos ennemis à confeffer qu'eux mefmes eftoient ido-
latres fi on l'eftoit de faire des images, & d'en lo-
ger aux Temples, puifqu'en cefte ville il fit prendre garde qu'ils en auoient dans le leur. Secon-
dement, que fi cefte forte d'honneur qu'on leur
rend eftoit criminelle, ils ne pouuoient fe deffen-
dre de quelque idolatrie lors qu'ils rendojent de
la reuerence aux portraits ou images des Rois:
& conclud que noftre croyance eftoit de ne pas
rendre honneur & culte à la toile ou à la peintu-
re, au bois, à la pierre, à l'or, ny à l'argent, mais
à ce que tout cecy reduit en image, reprefentoit.
En vn mot que noftre honneur ne fe terminoit

pas à l'image, mais au prototype, & poursuyuit
auec tant de raisons ceste preuue, que du depuis
la pluspart de ceux de ce parti se sont desabusez.
Au troisiesme, qu'il estoit absolument faux que
nous deffendissions à personne le mariage. Que
si nos loix punissoient les Religieux, & personnes
Ecclesiastiques, quand ils se marioient, c'estoit
seulement à raison que les mesmes loix deffen-
dent d'espouser vne seconde femme, la premiere estant encore en vie: or la personne Ecclesiastique depuis qu'elle a faict vœu, est mariée à
IESVS-CHRIST, qui ne mourant point, on ne peut
se marier à aucun autre. Et en suite il fit voir de
siecle en siecle, par vn trait de memoire particulier, l'obseruance du Celibat depuis le temps des
Apostres iusques à nous, cottant par ordre les
Canons des Conciles, & les tesmoignages des
Peres. Au quatriesme, il fit comprendre que les
Caluinistes ne sont pas esloignez de l'erreur des
Capernaïtes, quand ils asseurent que nous croyons de prendre IESVS CHRIST comme on prend
la chair de la boucherie dans les mesmes termes, mesme façon, & mesmes dimensions. Que
nostre veritable croyance est de bien prendre sa
chair & son sang, non par foy toute seule, mais
par vne presence de corps reel caché soubs des

especes, descendant corporellement par la man-
ducation dans nos seins, tout tel qu'il estoit &
en la Croix & en la Créche, mais d'vne autre maniere, qui est sacramentale, & spirituelle, puisque
ce Diuin corps possede éminemment la qualité
des Glorieux, conformement à la parole de l'A-
postre : *le corps est semé materiel, il resuscite spirituel.*
Pour confirmer ceste creance il aduança intelli-
giblement les proprietez de la Quantité & du
Lieu : & par les principes de l'Ange de l'Eschole,
qu'il rendit tres faciles à conceuoir, & dignes de
la Chaire, fit voir aux Heretiques qu'ils estoient
& foibles Theologiens, & mauuais Philoso-
phes. Pour ce qui est des Indulgences, la façon
auec laquelle il les prouua suyuant le sentiment
de l'Eglise vniuerselle, fut iugée excellente, mon-
strant premierement ce que c'est proprement
qu'Indulgence, & quel en estoit l'vsage ez siecles
premiers, qu'elle n'effaçoit pas ce qu'on appelle
coulpe, cela estant reserué au sang de IESVS-
CHRIST, & qu'elle ne deliure que de la peine
temporelle ; que l'on blasmoit à tort le Pape
d'en donner, puisque les Ministres pretendus re-
formez croyoient faire la mesme chose, comme
il prouua par leurs liures qu'il apporta en Chaire ;
& par consequent nous pouuions estre facile-

mont d'accord, du costé de l'essence de l'Indulgence, & du pouuoir que le Pape a de la donner.
Que tout le reste qui regarde cet article, pris
dans les sentimens d'vn honneste homme Chre-
stien, pouuoit estre adiusté de mesme, puisque
tout estoit suiuant l'Antiquité, aussi bien que
tout ce que l'Eglise pratique, ce qu'il prouua
par longues citations des Peres, vsant souuent
contre nos aduersaires de ceste sorte d'argu-
ment, qu'on appelle en l'Eschole *ad hominem*; methode si heureuse & si forte qu'elle rompit l'opi-
niastreté de plusieurs, & l'eust fait de la plus
grande partie, si les Ministres n'y eussent appor-
té de l'empeschement, criant & preschant le
contraire, l'vn d'eux disant tout haut, qu'vn
horrible sanglier, entendant parler du Sr. Gaffarel, estoit entré dans la vigne du Seigneur
qui la dissipoit & gastoit, aduançant cela sur ce
qu'on les pressoit de souscrire à ces aimables
moyens d'accord, qu'ils soustenoient estre absolument contraires, & opposez à la Religion
qu'ils professoient.

Ainsi il finit ses Sermons de l'Octaue, qui
luy apporterent beaucoup de reputation d'vn
chacun, mais non pas des nouueaux pretendus, dont quelques vns se ioignans à l'ex-

treme enuie du Chanoine augmentée defme-
furément par le reüffiffement de cet homme
qu'ils hayffoient à mort, refolurent (pour
luy nuire plus puiffamment) de femer fecret-
tement ce bruict, qu'il auoit prefché des herefies,
& qu'il s'eftoit accómodé aux fentimens des Huguenots. Mais parce que c'eftoit directemét dire
tout le contraire, ils mefnagerent auec beaucoup de rufe leur malicieux deffein. Pourroit-on
croire qu'vn Ecclefiaftique tel que ce Chanoine,
euft eu affez de mauuais naturel de tirer comme
les araignées du venin des plus belles rofes? euft-
on peu conceuoir que celuy que fa profeffion
obligeoit à pratiquer auec quelque perfe-
ction les vertus chrestiennes, euft eu de la malice
en vn fi haut poinct? eftonnez vous de ce que ie
vay vous en dire. Afin que ce bruit qu'il faifoit
fourdement courir fuft fondé fur quelque chofe
qu'il peuft prendre pour fon garent, quand on
trouueroit eftrange qu'il s'abandonnaft à tels
difcours: il contrefit vne lettre, dont il fit enuo-
yer plufieurs copies en diuers endroits, foubs le
nom d'vn Confeiller de ce Parlement, à vn fien
Confrere à Paris, portant que ce Predicateur
auoit prefché la doctrine des Heretiques fur le
faict de l'Euchariftie, des Indulgences, inuoca-

tion des Sainᦁs, culte des Images, & Celibat des
Preſtres : de ſorte que ceſte lettre courant, il diſoit à ceux auſquels il parloit deſaduantageuſe-
ment de Mr. Gaffarel, qu'il n'en parloit qu'apres
la voix publique, & apres des lettres imprimées :
ayant donné ordre (comme on a ſceu) que
ceſte lettre fuſt imprimée à Geneue ; dans laquelle (pour plus aiſément le ruiner) il inſera
malicieuſement le nom de Monſeigneur le
Cardinal Duc, diſant fauſſement, & contre
la verité, qu'en preſchant il s'eſtoit aduoüé de
ſon Eminence, & qu'il eſtoit ſon miſſionnaire.
Et parce que ce Chanoine craignoit qu'on ne
luy diſt auec raiſon qu'il auoit luy meſme com-
poſé ceſte lettre, & qu'il l'auoit faiᦁe imprimer,
il s'aduiſa de deux fineſſes. La premiere, d'y
mettre que Mr. Gaffarel eſtoit Ieſuite, afin que
quand on luy voudroit objeᦁer qu'il en eſtoit
l'autheur, il peuſt le nier, en diſant que s'il l'euſt
faiᦁe, il n'y euſt pas qualifié Gaffarel Ieſuite,
ſçachant bien qu'il ne l'eſtoit pas ; & la ſeconde,
d'y exprimer que Mr. de Grenoble eſtoit en ces
Predications, afin qu'il peuſt dire pareillement
que ce n'eſtoit pas luy qui l'auoit eſcrite, puiſqu'il ſçauoit tres-bien que ce Prelat pour lors
eſtoit à cent cinquante lieuës de Grenoble, en

l'assemblée du Clergé qui se tenoit à Nantes.
A tout cela il adjousta vne autre ruse, par laquelle il croyoit auoir bien contenté sa malice, ce fut
à se resoudre de loüer hautemét Mr. Gaffarel en
tous les lieux où il rencontreroit de ses amis , &
de leur dire, comme il fit, qu'on auoit tort de le
persecuter, puisqu'il estoit vn des pieux & sça-
uants hommes qu'il cognust. Qu'il ne deuoit
pas se soucier de ces calomnies qui se destrui-
roiét d'elles mesmes, & qu'il ne deuoit pas prendre la peine de monter en chaire pour se iusti-
fier, comme il en auoit le dessein ; Que pour luy
il luy rendoit tous les seruices qu'il pouuoit en
ceste rencontre comme à vn homme dont il
estimoit l'amitié , & qu'il valoit beaucoup. Et
neantmoins, ô meschanceté noire! il alloit secretement de maison en maison souffler aux o-
reilles des plus Religieuses Dames que ses Sermons estoient scandaleux , & farcis d'heresies.
Que hé peut tenuers des ames simples & deuotes
la persuasion d'vn homme qui se dit Theolo-
gien, & qui soubs pretexte d'vne deuotion feinte
pleure douant elles , & leur iure qu'il n'est porté
d'autre interest que de celuy de la Religion? Que
Gaffarel se fust bien passé de se susciter cet ombre.
Qu'il est son seruiteur , & qu'il se luy faict bien

paroiftre, puifqu'il le louë publiquement, & que
s'il luy auoit faict vne correction feul à feul vn
peu feuere, qu'il y auoit efté forcé par la fain-
te charité qu'il luy portoit, & qu'apres tout il
falloit tafcher de le tirer de ce mauuais pas. Qui
n'euft creu que cet homme difoit vray ? Et qui
euft peu comprendre tant de mefchanceté ca-
chée foubs tant d'artifice? Certainemét à moins
que d'eftre radicalement mefchant, comme dit
de luy vn fage & fçauant Magiftrat de cefte prouince, vne ame ne pourroit pas donner des productions fi malicieufes, quand mefmes elle fe-
roit inftruite d'vn demon. Cependant quelque
foin qu'il apporte à cacher fon vénin on l'apper-
çoit, & il eftoit trop grand pour ne pas paroiftre.
En mefme temps qu'on euft veu des copies de la
lettre imprimée, il n'y eut pas vn dans la ville
qui ne dift qu'elle eftoit faicte par ce Chanoine,
& on en alleguoit des raifons. Luy fafché à la
mort de fe voir defcouuert, tenta vne nouuelle
rufe pour tafcher d'ofter cefte impreffion qu'on
auoit prife de fa mefchanceté, hazardant ce der-
nier effay qui la defcouurit au lieu de la cacher.
Sa rufe fut de dreffer vne longue lifte des erreurs
imaginaires qu'il difoit auoir obferuées és autres
Sermós de Mr. de Gaffarel, pardeffus celles qu'on

E

voyoit inſerées dans ſa lettre, & la faiſant voir ez
meilleures compagnies, diſoit que s'il euſt eu
deſſein de faire imprimer les hereſies que Gaffarel auoit preſchées, il n'euſt pas oublié d'y inſerer
celles qu'il leur monſtroit, & qu'il diſoit auoir
charitablemeut couuertes & aſſoupies. De ceſte
liſte neantmoins il fit pluſieurs copies qu'il don-
na, croyant (tant il eſtoit aueuglé) qu'elles ſerui-
roient à ſa iuſtification. Meſſieurs de Chaſé & de
Seues Intendans de la Iuſtice en ce pays, en eu-
rent vne, qu'ils voulurent luy faire ſigner, mais
il le refuſa. Mr. Brun Official en eut vne
autre, & tous trois admirerent l'aueuglement, &
la malice d'vn hóme de ceſte condition. Or Mr.
Gaffarel qui auoit touſiours meſpriſe ces calomnies comme groſſieres, & où le vray-ſemblable
n'eſtoit pas meſmes obſerué, ne pouuant auparauant croire tout ce qu'on luy diſoit de ce
Chanoine, apres qu'on luy eut faict voir vne de
ces copies, admirant comme les autres tant de
meſchanceté, ne voulut pas neantmoins ſe
pouruoir en reparation d'honneur pardeuant
les meſmes Intendans, comme on luy conſeil-
loit, ſuyuant pluſtoſt le ſentiment de ceux qui
luy repreſenterent qu'ayant preſché ſi ſouuent
de pardonner aux ennemis, on luy peurroit di-

re, s'il pourfuyuoit criminellement celuy-cy, qu'il prefchoit vne chofe,& en faifoit vne autre: que ce pauure homme eftoit digne de compaf-fion, comme eftant fujet à ce vice par vn conti-nuel verrige qui le portoit bien à d'autres foi-bleffes plus dangereufes : que par vn principe fafcheux de cefte maladie il n'auoit iamais peu eftre corrigé de la mefdifance : que depuis qu'il eftoit à Grenoble où fon mauuais naturel eftoit recognu, il n'y eftoit venu aucun Predicateur duquel il n'euft mefdit ouuertemét,s'eftant mef-mes pris au R. Pere Fichet, qu'il deuoit ref-pecter dauantage, pour y auoir reduict par fes Predications l'herefie aux abois. On luy aduan-ça pareillement l'exemple des R R. Peres Ro-main,& Martin, tous deux Predicateurs excel-lents de l'Ordre de S. François, qui ont prefché icy auec grand applaudiffement,dont il n'a ceffé de defchirer la reputation. De forte que ces con-fiderations porterent Mr.Gaffarel à luy pardon-ner, ce qu'il fit publiquemét en chaire,proteftát qu'il mettoit toutes ces calomnies au pied du Crucifix,&fe córentant par quelquesPredicatiós fuyuantes de confirmer ce qu'il auoit prefché,& de móftrer qu'il n'auoit rien aduancé qui ne fuft ortodoxe. De vous dire maintenant comme

l'auditoire qu'il auoit estoit si grand, que plus
de deux heures auparauant qu'il commençast
on ne pouuoit entrer dans l'Eglise, quelque
grande & spacieuse qu'elle soit : & comme tout
Grenoble admira ses Predications, & la methode
auec laquelle il proceda de conuaincre les Heretiques, ce n'est pas mon dessein, puisque ie
craindrois d'offencer la modestie d'vn hôme qui
fait profession d'ouyr celebrer les loüanges de
Dieu, & non les siennes propres. Seulemét vous
diray-je de luy vne chose qui est à remarquer,
que son innocence & sa pieté ont esté si bien re-
cognuës, que s'estant retiré de ceste ville apres
auoir acheué ses Sermons, le Parlement en son
absence luy voulant confirmer l'honneur que
ce sien ennemy, ioinct à quelques vns de ceux
de la Religion pretenduë reformée, luy auoient
voulu oster, en mesme temps que ceste lettre
dont ie viens de vous parler fut venuë à sa co-
gnoissance, fit Arrest par lequel elle fut decla-
rée fausse & calomnieuse, & ordonna qu'elle seroit remise entre les mains de l'executeur de la
haute iustice, pour estre par luy biffée & bruslée
publiquement en la place de S. André, & qu'il
seroit informé contre l'Autheur, l'Imprimeur, &
tous ceux qui se trouueroient saisis des copies,

parce qu'il iugea neceſſaire d'en informer le Roy
& Monſeigneur le Cardinal, qui auoient voulu
ſçauoir la verité du faict, Mr. le premier Preſident prit le ſentiment de l'Official, & des Docteurs en Theologie qui l'auoient ouy, & qui at-
teſteret par des certificats ſignez de leurs mains
(dont vn des originaux fut enuoyé à Sa Majeſté,
& à ſon Eminence) que les poincts de Controuerſe que Mr. Gaffarel auoit preſchez, pour leſ-
quels on le calomnioit, eſtoient conformes à la
croyance vniuerſelle de l'Egliſe : ſes ennemis ne
pouuans pas dire qu'il auoit fait brigue dans le
Parlement, & auprez des Docteurs, pour obtenir
& l'Arreſt & le Certificat, dont ie vous enuoye
la copie, puiſqu'en ce temps là il eſtoit en Pro-
uence, ignorant (comme nous appriſmes
apres) tout ce qui ſe paſſoit icy. I'eſpere dans
peu de temps de vous faire part de la Nouuelle
Methode qu'il a practiquée en ces quartiers auec
beaucoup de fruict contre les ennemis de noſtre
Religion, vous coniurant de me deſpartir pareillement ce que les lettres portent de plus nou-
ueau dás cette incomparable ville où vous eſtes,
& où vous les cultiuez auec tant de reputation
& d'eſtime, qu'outre la grande cognoiſſance que
vous auez en ceſte curieuſe partie de la Philoſo-

E

phie Morale qui loge tant de riches enseigne-
ments en la varieté d'vn si grand nombre
d'Armoiries de tous les peuples de la terre,
vous excellez encor au secret de leurs Genealo-
gies, ainsi que vostre grand amy Mr. de la
Peyre(que ie saluë de tout mon cœur)se monstre
incomparable en la grande doctrine qu'il a de
supputer leurs ans, estant appellé mesmes par les
plus sçauans en ceste profession, le Prince de la
Chronologie ; tiltre qui luy est veritablement
deub, & aussi iustement qu'à moy celuy que ie
possede de

MONSIEVR,

Vostre tres-humble seruiteur

DE S. CLEMENT.

A Grenoble ce 4 Ianuier 1648.

ARREST
De la Cour de Parlement du Dauphiné.

Contre vne Lettre fausse & calomnieuse.

Fabriquée par les ennemis de l'Eglise Cath. Apost. Rom.

VEV par la Cour la requeste presentée par le Procureur
General, signée Boffin Aduocat General, datée du 25
Septembre 1641. contenant que des personnes ennemies de la
vraye Religion & de l'Estat, ont faict courir par cette ville vn
libelle diffamatoire, intitulé : Lettre d'vn Gentilhomme
Dauphinois, escrite à vn sien Amy, touchant vne Predication faicte dans la ville de Grenoble. Et que luy
estant tombée entre les mains, il a creu estre obligé par le denoir
de sa charge de releuer l'iniure faicte à Dieu par cet imprimé,
& de faire chastier la plus hardie calomnie qui ait encore pa-
ru au iour, que l'autheur de ceste mesme piece a voulu faire
passer iusques au premier Ministre du Royaume : & supposer
faussement que ce grand appuy de la Religion Catholique
en France auoit enuoyé des personnes dans les prouinces pour
prescher soubs son approbation des opinions erronées & heretiques. D'ailleurs il a tasché de diffamer vn Ordre des plus cele-
bres de la Chrestienté, & a faict tout ce qu'il a peu pour persuader qu'vn Ecclesiastique dont la doctrine est cognuë d'vn
chacun auoit estably en chaire dans S. Andrè de Grenoble des
propositions qui s'accommodoient aux sentimens des Caluinistes, quoy que par quatre Predications consecutiues il ait faict
cognoistre publiquement, que ce qu'il auoit aduancé par le dis-
cours, dont il a faict mention par escrit, estoit conforme à la
creance de l'Eglise, signé la Boissiere. Requerans que pour le-
uer le scandale, & satisfaire au public, il plaise à la Cour decla-
rer ceste pretenduë lettre fausse & calomnieuse, & remettre ce-

le , ordonner qu'elle sera biffée & bruflée publiquement par l'executeur de la haute Iustice: Auec injonction à tous ceux qui sont saisis des exemplaires de les rapporter dans le iour apres la publication de l'Arrest, qui sera rendu sur ladite Requeste , au Greffe criminel de ladite Cour , à peine de cinq cens liures d'amende, & que l'vn des Sieurs Conseillers en icelle sera commis pour informer des autheurs , ensemble de ceux qui l'ont mise soubs la presse, ou qu'ils l'ont faict courir secretement : & par ce que la preuue en pourroit estre difficile, luy permettre le cours d'vn Monitoire , pour les informations, & reuelations rapportees , estre par luy prinses telles conclusions qu'il verra : LA COVR enterinant lad. Requeste , a declaré ladite lettre fausse & calomnieuse , & en consequence a ordonné & ordonne qu'elle sera remise entre les mains de l'executeur de la haute Iustice, pour estre par luy biffée & bruslée publiquement en la place de S. André. Enjoint à tous ceux qui seront saisis des exemplaires d'icelle , de les rapporter dans le iour au Greffe Criminel de la Cour , à peine de cinq cens liures d'amende. A commis Me. François de Ponat Conseiller du Roy en ladite Cour pour informer, mesme par voye de monitoire, s'il y eschoit, contre les autheurs dudit Libeau ,ensemble contre l'Imprimeur, & contre ceux qui l'ont faict courir, ou distribuer secretement, pour la procedure raportee estre pourueu ainsi qu'il appartiēdra. Faict en Parlement le 25. Septembre 1641. Extraict des Regiftres du Parlement. DVLAC.

Le present Arrest a esté ru & publié par moy Conseiller Secretaire du Roy, Greffier patrimonial & Criminel en ladite Cour , à son de trompe & cry public, en la place S. André de la presente ville , en laquelle la lettre diffamatoire ou fausse relation mentionnée audit Arrest, a esté biffée, lacerée, & bruflée par l'executeur de la haute Iustice , où estoient les Huissiers du Parlement , & Archers du Preuost des Mareschaux de ceste prouince , par commandement de ladite Cour , à la maniere accoustumée. Faict à Grenoble le 25. Sept. 1641. sur les 3 heures apres midy. DVLAC.

CERTIFICAT
Des Docteurs en Theologie.

En faueur des Predications faictes à Grenoble
par le Sieur de Gaffarel.

NOus foubs-fignez Hugues Brun Official en l'Euefché de Grenoble : Claude Bernard Chanoine Theologal en la Cathedrale : Nicolas Iacquet Prieur du Conuent des Peres Prefcheurs : Pierre Iamin dudit Ordre Docteur en Theologie : Conftantin d'Héry Gardien des Peres de la Magdaleine de l'Ordre de S. François : Gabriel Merle dudit Ordre Docteur en Theologie : Michel Martin Superieur de l'Ordre Ste. Claire, auffi Docteur en Theologie : Martial de Saincte Françoife Prieur du Conuent des Auguftins Defchauffez : Iean Chrifoftome Definiteur de la prouince, dudit Ordre, auffi Docteur en Theologie : Chriftophle Planchette Religieux de la Compagnie de Iefus, auffi Docteur en Theologie. Certifions à tous ceux qu'il appartiendra que ce que le Sr. de Gaffarel Predicateur de Noffeigneurs du Parlement de Dauphiné a prefché & aduancé dans l'Eglife S. André de Grenoble, fur le faict de l'Euchariftie, du Purgatoire, des Indul-

gences,Culte des Images,&Celibat des Preſtres,
eſt conforme à la creance de l'Egliſe Orthodo-
xe. Faict à Grenoble dans l'hoſtel de Mr. le premier Preſident audit Parlement, où nous nous
ſommes aſſemblez, ce 28. iour du mois de Sept.
1641. Ainſi à l'original. Brun Official. Bernard
Ch. Th. F. Nicolas Iacquet Docteur en la facul-
té de Paris, & Prieur des F F. Preſcheurs de Grenoble. F. P. Iamin de l'ordre des Preſcheurs.
F.Conſtantin d'Hery Gardien au Conuent de la
Magdaleine des PP. M.C. S. François.F. Gabriel
Merle Cord. Conuentuel. F. Michel Martin.
F. de Billy Minime. F. Martial de Sainte Fran-
çoiſe Prieur des Auguſtins Deſchauſſez. F. Iean
Chriſoſtome Prieur Definiteur des Auguſtins
Deſchauſſez.Chriſtophle Planchette de laCom-
pagnie de Ieſus.

www.ingramcontent.com/pod-product-compliance
Lightning Source LLC
Chambersburg PA
CBHW061635180626
46818CB00005B/2387